AF592260

HORACE SPARKINS

MONSIEUR MINNS

PARIS. — *Le Livre et l'Estampe.* — 37, QUAI DE L'HORLOGE, 37

MONSIEUR MINNS

HORACE SPARKINS

Il a été tiré de cet ouvrage :

60 exemplaires sur papier d'Arches, contenant un dessin original ayant servi à l'illustration du Livre.

240 exemplaires sur papier à la forme des papeteries d'Arches.

№ 283

L. E.

CHARLES DICKENS

ADAPTATION DE F. DE MONTFRILEUX

MONSIEUR MINNS
HORACE SPARKINS

PARIS

LE LIVRE ET L'ESTAMPE

37, Quai de l'Horloge, 37

M. Auguste Minns était un célibataire d'environ quarante ans, à ce qu'il disait, de près de quarante huit rectifiaient ses amis. Il était toujours excessivement soigné, exact, méticuleux, fat quelque peu, je ne dis pas, vivant absolument retiré du monde.

Il portait d'habitude un

vêtement brun, sorte de redingote, sans le moindre faux pli, un pantalon clair immaculé, une cravate nouée avec recherche et de façon parfaite, des souliers impeccables. Il sortait presque toujours avec son parapluie de soie chocolat, à pomme d'ivoire.

Il était employé à Somerset-House, où il remplissait une fonction du gouvernement, disait-il, lui rapportant de sérieux appointements, améliorés d'année en année, et s'ajoutant à dix mille livres à peu près de bonnes rentes sur l'Etat.

Il occupait un premier étage dans Tavistock-Street près de Covent Garden.

Il y demeurait depuis vingt années, quoiqu'il eût l'habitude de chicaner avec son propriétaire, de lui donner congé à chaque terme, pour relouer régulièrement dès le lendemain.

Il y avait deux catégories d'êtres qu'il exécrait,

pour lesquels il nourrissait une intime haine, les chiens et les enfants.

Il n'était ni bon, ni méchant, mais il eut à n'importe quel moment assisté à la pendaison d'un chien ou au meurtre d'un baby avec un infini plaisir, et cela parce que leur nature détraquait sa passion de l'ordre, et cette passion était aussi forte chez lui que l'instinct de la conservation.

M. Auguste Minns, à Londres, n'avait pas de parents, proches ou éloignés, à l'exception d'un cousin, M. Octave Budden, dont le fils était son filleul, par procuration seulement, car il en détestait le père.

M. Budden s'était enrichi dans le trafic des blés; il adorait la campagne et avait de la sorte acheté une petite villa près de Stamford-Hill pour s'y retirer avec son épouse et son unique fils, Alexandre-Auguste Budden.

Un soir M. et Mme Budden, en extase devant leur rejeton, discouraient sur ses mérites et discutaient sur son éducation. Fallait-il, rude problème, lui faire suivre l'enseignement classique, ou non; on se le demandait quand la bonne dame, déviant quelque peu, déclara à son mari qu'il y aurait de sérieux avantages à cultiver M. Minns, leur cousin.

Le mari approuva et prit la ferme résolution de se lier, ou bien il y perdrait son latin, intimement avec ce parent fortuné.

— Ma bonne amie, la glace sera rompue, avant peu, déclara M. Budden en remuant au fond de son verre de brandy et d'eau le sucre aggloméré, et ce disant il coula un regard de côté pour voir l'effet produit par un projet d'invitation, à dîner, le plus prochain dimanche.

— Eh bien, écrivez de suite à votre cousin, je vous prie, Budden, qui sait, s'il vient, il s'éprendra peut-être de notre Alexandre, il en fera peut-être son héritier...

.. Allons, Alick, mon amour, retire tes pieds des barreaux de la chaise.

— C'est vrai, reprit Budden d'un air grave, fort vrai, ma bonne...

Le matin suivant, M. Minns s'était assis à sa table pour déjeuner, jetant tantôt un coup de dent à sa tartine grillée, tantôt un coup d'œil à son journal, qu'il dévorait toujours, depuis le titre jusqu'au nom du gérant, quand il ouit cogner assez fort à la porte.

Son domestique ne tarda pas à entrer, porteur d'une carte singulièrement minuscule, où, en lettres énormes, était gravé : M. Octave Budden, Amélia - Cottage. (Disons, en passant, que Mme Budden avait nom Amélia.) Poplar Walk, Stamford-Hill.

— Budden, grogna Minns, que me veut ce vulgaire personnage ; dites-lui que je dors, que je suis absent, que je ne rentrerai jamais, tout ce que vous voudrez, mais empêchez-le de monter.

— Monsieur m'excusera, mais ce monsieur est déjà monté, et pour affirmer le dire du domestique, un désagréable grincement de bottes peupla l'escalier, avec un cliquetis de pattes, qui effara M. Minns.

— Allons, faites entrer, soupira l'infortuné célibataire.

Octave Budden entra, devancé par son chien, un gros chien laineux, frisé, aux yeux rouges, aux longues oreilles, avec un petit bout de queue.

C'était l'explication du piétinement de tout à l'heure.

M. Minns trembla en apercevant la bête.

— Comment va, cher ami, fit Budden, en entrant?

Il parlait toujours à pleine voix, répétant dix fois la même chose.

— Comment va?

— Et vous, M. Budden; asseyez-vous, je

vous prie, soupira poliment Minns, décontenancé.

— Merci, merci, très bien, et toi, comment va?

— Mais, assez bien, assez bien, je vous remercie, et Minns lançait un coup d'œil furibond au chien, qui, dressé sur ses pattes de derrière, les pattes de devant accrochées à la table, happait une grosse tartine beurrée, entraînant le côté gras sur le tapis.

— Ah brigand, fit Budden, à son chien, excuse le, Minns, il est là comme chez lui. Hé, hé, mon bon, je suis éreinté, je meurs de faim; j'arrive de Stamford-Hill, tel que tu me vois.

— Vous avez déjeuné? — demanda Minns.

— Pas du tout, je viens déjeuner avec toi, sonne le valet, cher ami, qu'il apporte une tasse de thé, du jambon froid. Tu vois, je ne fais pas de cérémonie;

(il époussetait ses bottes avec une serviette), sapristi, j'ai une de ces faims!

Minns esquissa un sourire et sonna.

— Décidément je n'ai jamais eu aussi chaud, et Budden s'essuyait avec la même serviette. Hé hé, comment va, tu parais aller à merveille.

— Vous croyez, dit Minns, en essayant une autre ébauche de sourire.

— Ma parole, ma parole.

— Madame Budden et... comment se nomme-t-il?... sont en bonne santé?

— Alick, mon fils, tu veux dire, très bien, très bien tous deux. Là-bas à Poplar Walk, chez nous, ils ne sauraient être malades, même s'ils cherchaient à l'être. L'endroit m'a séduit du premier coup d'œil, c'était exquis, un jardin par devant, une grille peinte en vert, un marteau en cuivre et tout l'ensemble, je ne craignais qu'une chose, c'est que ce fut au dehors de nos prix.

— Ne croyez-vous pas, interrompit Minns, qu'il serait préférable de couper le jambon autrement ?

Il constatait avec une irritation indescriptible que son visiteur taillait, ou plutôt hachait, le jambon contrairement à toute règle de bons sens.

— Pas du tout, fit Budden, avec l'aplomb des imbéciles, je le préfère ainsi, il s'avale plus vite. Mais à propos, Minns, quand viens-tu nous rendre visite ; tu seras émerveillé du site, j'en suis certain. Amélie et moi nous causions de toi l'autre jour, et

Amélie disait — encore un morceau de sucre je te prie — merci, — Amélie disait : ne pensez-vous pas, mon cher, que vous pourriez inviter M. Minns en ami, satané chien va, ici sale bête, il a déchiré les rideaux, ah, ah Minns, la satanée bête.

Minns bondit sur son siège comme s'il eût été assis sur une pile électrique.

— Dehors, allez coucher, clamait le pauvre Auguste, se tenant à distance respectable du chien en souvenir d'un cas d'hydrophobie lu le matin même dans son journal.

A coups de canne et de parapluie, à grands cris, le chien put être chassé sur le palier, de l'autre côté de la porte. Il commença, du reste, aussitôt à hurler d'une façon lamentable, tout en grattant avec ardeur les panneaux de la porte fraîchement repeints et vernis pour leur donner peut-être l'apparence d'un intérieur de boîte à tric trac.

— Il est habitué à la campagne, observa Budden avec calme, on ne l'a pas dressé à être enfermé. Mais ce n'est pas tout cela, Minns, quand viens-tu, je n'accepte ni refus, ni excuse, je t'avertis. Voyons, aujourd'hui : Jeudi ; mettons dimanche, nous dînons à cinq heures, c'est convenu, pas de refus.

Budden insista beaucoup, Minns harrassé, dut céder et promettre d'être arrivé exactement à cinq heures moins le quart.

— Maintenant je vais te dire le chemin. Le coche part du *Pot-de-fleur* dans Bishopgate-Street, à la demie, toutes les heures. Il s'arrête au *Cygne*. En descendant, tu verras devant toi une maison blanche.

— C'est votre maison, parfait déclara Minns, voulant abréger la visite et les renseignements.

— Mais non, ce n'est pas cela que je dis, ça c'est la maison de Grogus, le négociant en fer ; je te disais, une fois là, tu tournes à droite de la maison blanche et tu marches devant toi jusqu'à ce que tu ne puisses aller plus loin. Tu saisis bien, à ce moment tu prends à droite, où il y a une écurie, tu apercevras un mur avec une inscription « Prenez garde au chien » en gros caractères (Minns en eut un frisson), suis ce mur

un quart de mille et n'importe qui te montrera alors ma villa.

— Très bien, merci! au revoir!

— Sois exact!

— Certainement! adieu!

— Tu as ma carte!

— Oui oui merci ! je l'ai !

Octave Budden partit laissant son cousin qui, songeant à la visite promise pour le prochain dimanche, avait l'âme du poète infortuné attendant la venue hebdomadaire de sa propriétaire écossaise.

Le dimanche vint, il faisait beau, les gens emplissaient les rues, allant à leurs plaisirs. Or, Minns seul n'était pas satisfait. Le temps était splendide, mais atrocement chaud.

M. Minns s'essouffla en montant la côte de Fleet-Street, de Cheapside, de Threaduelle-Street, il suait à grosses gouttes, était poussiéreux, en retard, par comble.

La voiture cependant était encore heureusement à la porte du *Pot-de-fleur*. Sur l'assurance formelle du

conducteur que la voiture allait partir dans trois minutes à peine, heure réglementaire, M. Minns monta, mais il s'écoula un quart d'heure et le véhicule ne bronchait pas, rien ne faisait prévoir le départ. M. Minns tira sa montre pour la dixième fois.

— Cocher partons-nous ? ou ne partons-nous pas ? cria M. Minns en passant la tête et le torse à moitié hors de la portière.

— Tout de suite, Monsieur, répondit le cocher, les mains dans ses poches, l'air aussi peu pressé que possible.

— Bill, enlevez les couvertures.

Il se passa encore cinq minutes, et le cocher se décida, enfin, à monter sur son siège. Il examina la rue des deux sens et se mit à héler les voyageurs pendant cinq autres minutes.

— Si vous ne partez pas illico, je descends, déclara Minns désespéré par le galop de sa montre, qui lui montrait l'impossibilité d'être à l'heure voulue à Poplar Walk.

— De suite, Monsieur, fut la réponse, et de fait la voiture se mit en route, fit deux cents mètres, et de nouveau s'arrêta.

Minns se replia sur lui-même, prenant son parti de tout, quand montèrent avec lui une mère, un enfant, une boîte à chapeau et un parapluie.

L'enfant, de naturel affectueux et liant, prit Minns pour son papa et se mit à pousser des cris perçants en voulant l'embrasser.

— Tiens-toi tranquille, disait la maman, voulant calmer les élans de son chéri dont les petites jambes grasses se contorsionnaient en tous sens, tiens-toi tranquille, Monsieur n'est pas ton papa.

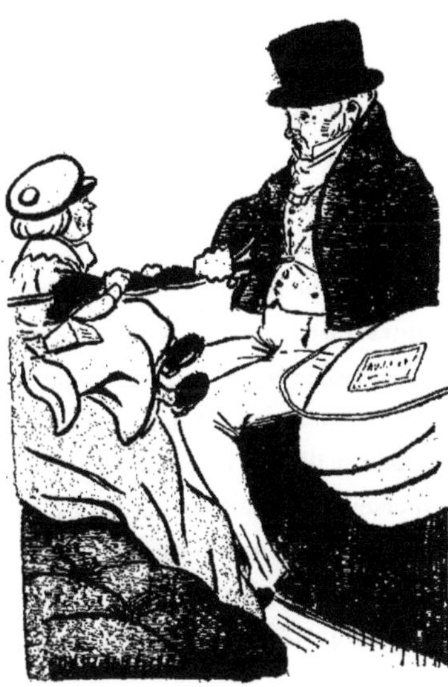

— Ah Dieu merci non, pensa Minns, et cette pensée fut la première consolation qu'il eût éprouvée depuis son départ, ce matin-là.

Les velléités de tendresses du gamin furent vite remplacées par un désir de jouer. Convaincu que M. Minns n'était pas son père, il s'efforça de l'amadouer en essuyant ses bottines sales au pantalon immaculé du pauvre homme, en lui pointant dans l'estomac le parapluie de sa mère, et autres fantaisies de son âge destinées à abréger l'ennui du voyage.

Quand l'infortuné Minns arriva au *Cygne*, il constata avec ennui qu'il était cinq heures et quart. Il passa successivement le long de la maison blanche, de l'écurie, du « Prenez garde au chien », avec une rapidité incroyable pour un homme de son âge, mais que nécessitait l'heure tardive et le dîner.

Après quelques instants, M. Minns se trouva en face d'une maison isolée bâtie de briques jaunes, avec une porte verte, un marteau de cuivre, des fenêtres vertes aussi et une grille du même ton.

Devant la maison il y avait un jardin ! c'est-à-dire un morceau de terre, couvert de gravier, avec un massif rond et deux triangles inégaux, le tout planté d'un sapin, de vingt oignons, et de pas mal de soucis.

Le souci d'art de M. et Mme Budden était en outre représenté par deux amours perchés de chaque côté de la porte sur un rocher de pierres blanches égayées de vieilles coquilles d'huître.

Le coup de marteau attira un domestique en livrée, avec des bas de coton et des souliers à boucle. Il prit le chapeau de M. Minns, l'accrocha à l'une des patères de cuivre qui ornaient l'entrée désignée pompeusement par les maîtres de céans sous le nom de hall.

Il fit entrer ensuite l'arrivant dans le salon, dont les fenêtres avaient, en guise d'horizon, vue directe sur le derrière des maisons voisines.

Après les présentations cérémonieuses, M. Minns s'assit. Il en avait grand besoin. Il était le dernier arrivé de trois grands quarts d'heure en retard, et se sentit la tête de Turc des douze visiteurs qui l'avaient précédé et qui l'avaient attendu avec une intense curiosité.

— Eh, Brogson, fit Budden, en s'adressant à un vieux monsieur, en culotte marron, habit noir et longues guêtres, qui, tout en feignant de regarder les gravures d'un almanach, dévisageait M. Minns, par-dessus ses lunettes; eh, Brogson, que dit le ministère? Reste-t-il? S'en va-t-il?

— Pourquoi me demander cela? Je suis aussi peu informé que possible, mais votre cousin, par sa situation, est certainement l'homme le plus capable de vous renseigner.

M. Minns dut affirmer que, quoique fréquentant à Sommevel-House, il ne recevait aucune confidence de Sa Majesté. Mais sa réponse ne rencontra que des incrédules, et cela jeta une sorte de froid, provoqua un silence; l'un se moucha, l'autre toussa. Enfin, Mme Budden fit son entrée, et tous se levèrent aussitôt.

Nouvelle cérémonie, nouvelles présentations. Enfin, le dîner fut annoncé et l'on se mit en route pour la salle à manger. M. Minns offrit son bras à Mme Budden, mais l'étroitesse de l'escalier lui coupa net sa galanterie.

Le dîner fut pareil aux dîners de ce genre; parmi les cliquetis des fourchettes et des couteaux, on entendait la voix de Budden, offrant à boire à Minns, l'assurant du plaisir qu'il avait de le revoir; Mme Budden engageait des pourparlers avec le domestique, pour faire circuler les plats, tandis que sa figure passait par tous les degrés du contentement à la colère.

Au dessert, sur un petit signe de Mme Budden, la bonne amena Maître Alexandre, en costume bleu de ciel, aux souliers blancs, presque de la couleur de ses cheveux. Sa mère le caressa, son père lui fit des recommandations et, finalement, on le présenta à son parrain.

— J'espère, mon petit ami, que vous êtes un joli enfant, fit M. Minns, à son aise comme un merle pris à la glu.

— Oui.

— Quel âge avez-vous?

— Huit ans, mercredi prochain. Et toi?

— Alexandre, interrompit la maman, on ne demande pas l'âge des messieurs.

— Pourquoi, alors, qu'il me demande le mien, déclara le précoce chéri, à qui, du coup, M. Minns décida de ne pas léguer un shilling.

Un petit rire passa sur les lèvres, à la réflexion de l'enfant, et quand le calme fut revenu, un petit homme, maniéré, à favoris rouges, assis au bout de la table, et qui, pendant le dîner, avait conté force anecdotes sur Shéridan, appela d'un air protecteur :

« Alick! »

— Alick, qu'est-ce, en grammaire que le mot : Parler ?

— Un verbe.

— Très bien, mon garçon, dit Mme Budden, avec l'orgueil d'une mère ; et qu'est-ce qu'un verbe ?

— Un verbe, c'est un mot qui veut dire : être, faire ou subir. Je suis, je touche, je suis touché. Donne-moi une pomme, maman.

— Je te donnerai une pomme, répondit le petit homme aux favoris rouges, ami inséparable de la famille, c'est-à-dire invité perpétuel de Mme Budden que ça plaise ou non à son mari, si tu me dis la signification de faire.

— C'est... c'est — le petit prodige hésita un peu — c'est un métal très dur.

— Non mon chéri, fit Mme Budden, quand c'est le métal commun, ça s'écrit fer, avec un e.

— Il ne sait pas beaucoup, je pense ce que c'est qu'un nom *commun*, minauda le petit homme, croyant l'occasion de placer un bon jeu de mots, il est clair qu'il n'est pas accoutumé au nom *propre*, hé, hé, hé.

— Messieurs, clama M. Budden du bout de la table et d'une voix de stentor, emplissez vos verres, je vous prie, j'ai un toast à vous proposer.

— Ecoutez, écoutez, fit-on en passant les bouteilles.

Lorsqu'elles eurent fait le tour des convives M. Budden prononça :

— Messieurs, ici est présent...

— Ecoutez, écoutez, interrompit le petit homme aux favoris rouges.

— Silence je vous prie, reprit Budden, Messieurs

ai-je dit, parmi nous est aujourd'hui quelqu'un dont la présence nous est un grand plaisir.

— Dieu merci, ce n'est pas de moi qu'il parle, songea Minns qui, pour soulager sa mauvaise humeur, n'avait pas dit quatre paroles depuis son arrivée.

— Messieurs je ne suis pas un orateur et mon excuse se trouve dans les sentiments de sympathie et d'amitié qui me tiennent à la personne à laquelle je fais allusion, à la personne en l'honneur de laquelle je me sens poussé à porter ce toast, à la personne dont les vertus attirent l'amour de tous ceux qui la connaissent, à la personne que doivent aimer même ceux qui ne la connaissent pas.

— Écoutez, écoutez, fit-on, à la ronde, en signe d'approbation et d'encouragement.

— Messieurs, mon cousin est un homme, un homme que... *(Écoutez, écoutez)* qui est mon parent, *(Écoutez, écoutez)* — Minns eut un grognement plutôt de désapprobation — un parent que je suis heureux de voir ici, et qui, s'il n'était pas venu, nous aurait privé de le voir. *(Approbation unanime. Écoutez, écoutez.)*

— Messieurs, j'ai déjà abusé de votre patience

et tenu trop longtemps votre attention ; c'est avec un profond et sincère sentiment de... de... de...

— Gratitude, souffla l'ami inséparable.

— De gratitude, que je porte, ici, la santé de M. Minns.

— Debout, Messieurs, cria le petit homme aux favoris rouges, impétueux ; à la santé de M. Minns, avec tous les honneurs qui lui sont dus ; allons, suivez-moi : Hip, hip, hip, hurrah ! Hip, hip, hip, hurrah ! Hip, hip, hip, hurrah !

Tous les yeux étaient braqués sur Minns, qui, au risque de s'étrangler, avala, d'un trait, son verre de porto, pour cacher son embarras.

Enfin, après un

peu de répit, il se leva ; mais, comme on dit dans les compte-rendus de la presse, nous regrettons de ne pouvoir donner un aperçu des paroles de l'honorable orateur. Les mots : « Messieurs, assemblée, compagnie, heureux, grand bonheur... » furent entendus, çà et là, répétés à intervalles réguliers, avec une altération et un bredouillement dans la voix, et cela suffit pour assurer à la compagnie que l'orateur était excellent. Aussi quand il s'assit ce furent des cris, des bravos, de frénétiques éclats et des applaudissements.

Jones, qui guettait le moment propice, se leva.

— Budden, dit-il, permettez-moi de porter un toast?

— Certainement, fit Budden en ajoutant par-dessus la table à M. Minns : Il est spirituel en diable, son allocution vous plaira sûrement, il parle à merveille sur un sujet ou sur un autre.

M. Minns acquiesça machinalement de la tête. Jones commença.

— Dans différentes circonstances, en différents cas, en différentes occurrences, en différentes compagnies, l'honneur m'est échu de porter la santé de ceux avec qui j'avais le plaisir d'être — j'ai quelquefois — pourquoi le nierais-je — faibli quelque peu dans l'accomplissement du devoir entrepris en ne sachant pas demeurer jusqu'au bout à la hauteur de mon sujet.

Et si tel fut mon embarras en différentes occasions quel ne doit-il pas être dans les circonstances — *écoutez ! écoutez !* — les circonstances solennelles — les circonstances inoubliables où je me trouve en ce moment.

Vous décrire mes sentiments est impossible, je ne saurais vous en donner, Messieurs, une meilleure idée qu'en vous rappelant une aventure, qui me vient justement à l'esprit par une bizarre coïnci-

dence. Un jour cet homme vraiment grand, vraiment illustre, Shéridan... Quelle nouvelle sottise sous forme d'anecdote allait-il raconter sur ce pauvre Shéridan, je serais fort en peine de le dire car le garçon vêtu de drap brun entra en coup de vent dans la pièce pour annoncer que, comme la nuit était brouillardeuse, la voiture de neuf heures venait de faire le tour pour savoir s'il n'y avait pas un voyageur pour la ville. Il restait encore une place, une seule, de libre.

M. Minns se leva d'un bond. En dépit de la stupeur, de la surprise, des exclamations, des exhortations, il s'entêta à vouloir occuper la place vacante.

Mais le parapluie de soie brune ne se trouvait

nulle part, et le cocher, ne pouvant attendre indéfiniment, partit en avant en faisant dire à M. Minns par le garçon qu'il n'aurait qu'à le rejoindre rapidement au *Cygne*.

Hélas, il fallut dix minutes pour que M. Minns se rappelat qu'il avait oublié le parapluie à manche d'ivoire dans l'autre véhicule, en venant, et comme le pauvre homme n'avait rien de remarquable sous le rapport de la souplesse, il ne faut pas être surpris d'apprendre que, quand il accourut au *Cygne*, la dernière voiture — au grand complet du reste — était partie sans lui.

Retourner chez Budden, subir à nouveau l'hospitalité de ces êtres bavards, Minns n'y songea un seul instant. Il préféra regagner à pied son domicile.

Il était environ trois heures du matin quand, à

bout de forces, M. Minns frappa à la porte de son logement à Tavistock-Street. Il était mouillé, gelé — d'une humeur de chien.

Dès le lendemain matin il fit son testament et je sais, par une indiscrétion de son notaire — je tiens à en faire profiter le public — que ni le nom d'Octave Budden, ni celui d'Amélia Budden, pas plus que celui de maître Alexandre Budden n'y figurent.

HORACE SPARKINS

En vérité, mon cher ami, il a témoigné beaucoup d'empressement à l'égard de Térésa pendant toute la dernière soirée — dit Mme Malderton à son mari, qui — las d'une journée passée à la Cité, s'était assis, en son fauteuil habituel, les pieds sur les chenets et buvait son Porto — beaucoup d'empressement, je vous le répète — on lui doit donner tous les encouragements possibles, et primitivement nous le devons inviter à dîner.

— Mais qui — qui devons-nous inviter ?

— Quoi, mon bon ami — vous ne savez pas de qui je veux parler — mais de ce jeune homme aux favoris noirs, à cravate blanche, qui est venu récemment à notre soirée, de qui toutes les jeunes filles babillent ; le jeune ... ah, tiens — son nom m'échappe — le jeune..., le jeune..., voyons — et Mme Malderton se tournait vers la plus jeune de ses filles qui était très occupée à tricoter une bourse avec des airs sentimentaux.

— M. Horace Sparkins, un ami, répondit Mlle Marie-Anne avec une pointe d'émotion.

— Ah oui, tiens —

c'est vrai, Horace Sparkins — reprit Mme Malderton, c'est décidément le jeune homme le plus aristocratique que j'aie vu, je suis convaincue qu'à le voir avec son habit, qui va si bien, on doit le prendre pour le pr...

— Le prince Léopold, maman, aussi noble, aussi distingué, compléta Mlle Marie-Anne d'un ton plein d'enthousiasme.

— Rappelez-vous, mon bon ami, que Térésa a vingt-huit ans sonnés, qu'il est grand temps de décider quelque chose.

Mlle Térésa Malderton était une petite personne, plutôt grassouillette, avec des joues hautes en couleur, de caractère jovial et pas encore mariée, quoi qu'on doive avouer que cette infortune ne tenait pas le moins du monde à un manque de persévérance de sa part. En vain, pendant dix ans, avait-elle flirté, en vain depuis dix ans M. et Mme Malderton avaient-ils entretenu des relations avec les jeunes célibataires — en âge propice — de Canberwell et même de Wandsworth — sans oublier ceux de Brixton qui venaient le dimanche à la ville — Mlle Malderton était comme le lion de Nortumberland-House, elle avait autant que lui une chance de changer de situation.

— Je suis certaine qu'il vous plaira, continua Mme Malderton — il est si bien élevé.

— Si coquet, continua Mlle Marie-Anne.

— Il cause si bien, ajouta Mlle Térésa.

— Il a beaucoup de respect pour vous, mon bon ami, reprenait Mme Malderton avec un air confidentiel.

M. Malderton toussait en fixant le foyer.

— Je suis sûre qu'il voudrait se lier avec papa, ajouta Marie-Anne.

— Oh oui, fit Térésa — en écho —

— Il m'en a fait la confidence, amplifia Mme Malderton.

— Bien, bien, interrompit Malderton un peu flatté, si je le vois à l'assemblée demain, je l'inviterai sans doute; il doit savoir, je pense, que nous habitons Oak-Lodge à Canberwell.

— Oui, certes, et que vous avez cheval et voiture.

— Je verrai ça, répondit Malderton, je verrai ça.

M. Malderton avait sa vie bornée au nord par le Lloyd, au sud par la Bourse, à l'est par la Banque, à l'ouest par l'India-House; quelques heureuses spéculations l'avaient élevé d'une situation obscure et quelque peu précaire à une certaine fortune et, comme cela est ordinaire en pareille circonstance, à mesure que sa fortune s'augmentait l'idée qu'il avait de lui-même et de sa famille croissait en même temps. Il affectait de suivre la mode, le genre, beaucoup d'autres superfluités, d'autres niaiseries pour imiter ceux de la haute classe, il affectait une horreur systématique pour tout ce qui lui paraissait inférieur.

Il était charitable par ostentation, plein de stupides préjugés. Le désir de faire parler de lui, une table bien servie et savoureuse lui assuraient des convives ; il aimait traiter des gens habiles ou qu'il croyait tels, car cela faisait bien de les citer, mais il redoutait beaucoup ceux qu'il appelait : « les malins. »

Cette horreur venait sans doute de ce que ses deux fils ne donnaient sous cet égard aucune inquiétude à leurs parents.

Il avait l'ambition de faire le connaisseur, d'avoir des relations dans un monde supérieur à la sphère où il vivait, et la conséquence forcée de cet orgueil, ajoutée à l'ignorance totale du vrai monde, était que quiconque pouvait vraisemblablement se recommander de quelqu'un de notoriété quelconque, trouvait la porte grande ouverte à Oak-Lodge.

L'apparition de M. Horace Sparkins à la réunion n'avait pas été sans exciter au plus haut point la surprise et la curiosité des habitués.

Qu'était ce jeune homme?

Il était plein de réserve et de mélancolie — serait-il pasteur? — Non, il dansait trop bien. — Avocat? — On ne le connaissait pas comme tel. — Il employait pourtant des expressions choisies et parlait d'abondance. — C'était peut-être un étranger de marque venu en Angleterre pour étudier et décrire les coutumes et les mœurs, fréquentant les dîners, les bals, pour se familiariser avec le high-life, le raffinement de l'étiquette britannique.

— Cependant il n'avait aucun accent étranger. — Était-il chirurgien? Rédacteur dans les magasins? — Romancier? — Artiste? Non — à chaque supposition une objection plausible se présentait et c'est pourquoi chacun affirmait qu'il devait être — quelqu'un. — C'était l'opinion de M. Malderton puisque Horace comprenait sa supériorité et lui témoignait de la déférence.

Le soir qui suivit celui-ci fut soir de réunion.

L'attelage à deux chevaux était commandé pour

neuf heures précises à la poste de Oak-Lodge. Mlles Malderton étaient habillées de satin bleu-ciel avec des flots de fleurs artificielles, et

Mme Malderton, une petite boulotte, en même étoffe, rappelait sa fille aînée multipliée par deux ; M. Frédéric, le fils aîné, en habit de grande fête, avait le chic d'un garçon de café, et M. Thomas, le fils cadet, avec sa cravate blanche, son habit bleu à boutons brillants, son cordon de montre rouge, ressemblait à un jeune fou de Georges Barnwell.

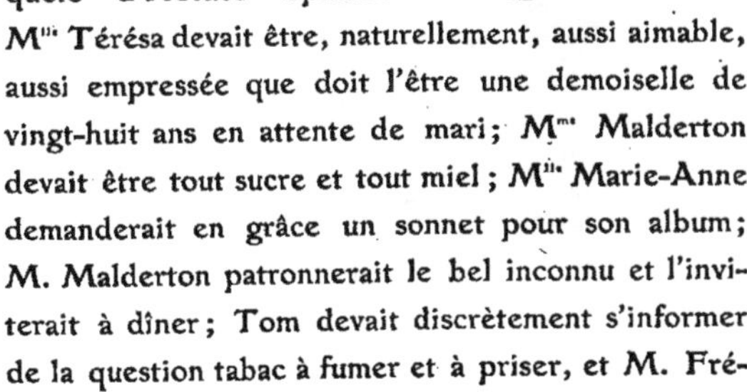

Chacun allait à la conquête d'Horace Sparkins. Mlle Térésa devait être, naturellement, aussi aimable, aussi empressée que doit l'être une demoiselle de vingt-huit ans en attente de mari ; Mme Malderton devait être tout sucre et tout miel ; Mlle Marie-Anne demanderait en grâce un sonnet pour son album ; M. Malderton patronnerait le bel inconnu et l'inviterait à dîner ; Tom devait discrètement s'informer de la question tabac à fumer et à priser, et M. Frédérick Malderton lui-même, l'arbitre de la famille dans toutes les questions de goût et de mode, lui qui avait appartement au quartier Covent-Garden, qui s'habillait à la mode du jour, allait deux fois aux eaux pendant la saison, avait pour intime ami un homme ayant habité notoirement jadis en Albany, M. Frédérick lui-même concluait que M. Horace Sparkins devait être un excellent compagnon et se proposait de lui faire l'honneur d'un défi au billard.

La première chose que les regards anxieux de la famille aperçurent en entrant dans la salle de bal fut M. Horace Sparkins, avec ses cheveux rejetés en arrière, contemplant le plafond d'un air méditatif.

— Le voici, mon bon ami, chuchota Mme Malderton.

— Comme il ressemble à lord Biron, murmura Térésa.

— Ou à Montgomery, essaya Marie-Anne.

— Ou au capitaine Ross, rectifia Tom.

— Tom ne fais pas l'âne, dit le père qui réprimandait son fils à tout bout de champ, sans doute dans le but de l'empêcher de devenir un de ces « malins », ce qui d'ailleurs était inutile.

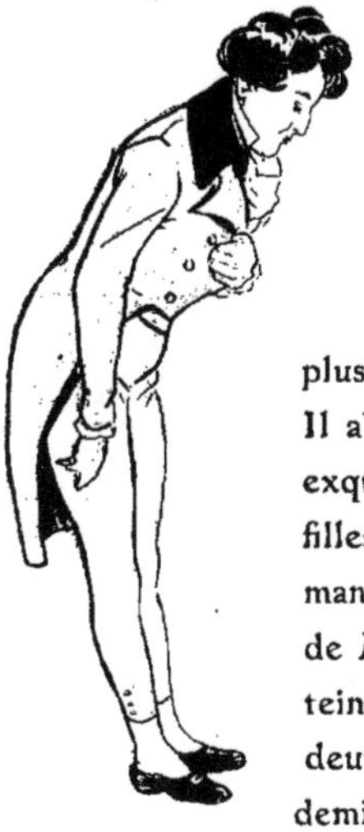

L'élégant Sparkins maintint son effet jusqu'à ce que la famille eut traversé la salle, il se leva alors avec l'apparence de la surprise la plus naturelle — l'air enchanté. Il aborda Mme Malderton avec une exquise cordialité, salua les jeunes filles de la façon la plus charmante, s'inclina et serra la main de M. Malderton avec un respect teinté de vénération, salua les deux jeunes gens demi en ami, demi en protecteur, ce qui le mit dans la peau d'un important mais condescendant personnage.

— Mademoiselle Malderton, soupira Horace après les salutations terminées, en s'inclinant profondément, peut-il m'être permis d'oser espérer que vous me ferez le plaisir...

— Je ne crois pas être engagée, fit Térésa d'un air fort dégagé, mais vraiment — c'est trop...

Horace avait l'air malheureux d'Hamlet glissant sur une pelure d'orange.

— Je suis très heureuse, déclara enfin l'intéressante Térésa.

La figure d'Horace s'illumina comme un vieux chapeau qui reprend ses reflets sous l'averse.

— Très gentil garçon, dit M. Malderton flatté en parlant de Sparkins qui, obséquieux, conduisait Térésa au quadrille.

— Il a des manières, dit Frédérick.

— C'est un chic type, cria Tom — qui s'amusait toujours à se glisser où il ne fallait pas — il cause comme un commissaire-priseur.

— Tom, reprit le père solennel, je crois vous avoir déjà prié de ne pas faire l'imbécile.

— Combien exquis — déclarait Horace à sa compagne en la promenant, le quadrille fini — par la salle — combien adorable et imposant, combien loin des brouillards de la vie orageuse et troublée, est pour moi ce moment, hélas trop court, passé dans la société divine et bénie d'une personne dont un froncement de sourcils serait la mort, dont la froideur serait la folie, dont la trahison serait la ruine, dont la constance serait le bonheur et la possession la plus éclatante et la plus parfaite récompense que le ciel ait pu réserver à un mortel.

— Quel sentiment ! quel

sentiment ! pensa Mlle Térésa — en se laissant aller sur le bras de son cavalier.

Mais assez, assez — résuma Sparkins — l'élégant d'un air théâtral, qu'ai-je dit et qu'ai-je à faire avec de pareils espoirs ? Mademoiselle — il s'arrêta net — puis-je oser espérer qu'il me sera permis d'avoir le bonheur de vous offrir le tribu...

— Il faut vous adresser à papa, répliqua Térésa rougissante de la plus douce confusion — sans son consentement je ne dois.

Térésa savait bien qu'il n'y avait aucun danger, mais elle voulait faire ressembler le dialogue à une page de roman.

— C'est tout — songea Térésa désappointée...

La soirée s'acheva et M. Malderton déclara à Sparkins :

— Je serais enchanté de vous avoir à dîner à Oak-Lodje Camberwell dimanche prochain, à cinq heures, si toutefois vous n'avez de meilleure invitation.

Horace s'inclina et accepta.

— Je dois avouer, poursuivit le beau-père en offrant sa tabatière à Horace, qu'ici il n'y a pas la moitié du confortable — j'ose dire du luxe d'Oak-Lodge — et pour un homme de mon âge, ça manque un peu de charme.

— Après tout, monsieur qu'est-ce que l'homme ? — fit Horace avec l'air d'un puissant philosophe — je demande qu'est-ce que l'homme ?

— C'est vrai, fit M. Malderton, c'est vrai.

— Nous savons, continua Horace, que nous vivons, respirons, avons des besoins, des désirs, des appétits.

— Certainement, souligna Frédérick d'un air profond.

— Je dis que nous savons notre existence, continua Horace haussant la voix, mais là s'arrête notre savoir, là est la fin de notre science, la borne de nos connaissances, que savons-nous de plus.

— Rien, répliqua Frédéric, car nul autre n'était plus capable que lui de répondre à Horace.

Tom avait bien l'intention de placer son mot, mais heureusement pour sa bonne renommée, il rencontra à temps le regard sévère de son père et demeura coi — tel un toutou surpris en flagrant délit de sottise.

— Ma parole, déclara Malderton fils aîné en rentrant au logis dans la voiture publique, ce M. Sparkins est un homme sérieux, surprenant, quel savoir extraordinaire, quelle magistrale façon de s'exprimer.

— Ce doit être quelqu'un qui garde l'incognito, insinua Mlle Marie-Anne — c'est délicieux.

— Il cause très fort — continua Tom — et cependant je ne comprends pas ce qu'il raconte.

— Tom je renonce à espérer quoi que ce soit de votre esprit, dit le père qui, lui, avait évidemment très bien saisi la conversation d'Horace.

— Pour moi, Tom, fit Térésa, je vous ai trouvé ce soir parfaitement ridicule.

— Sans aucun doute, accentuèrent les autres.

Et Tom, l'infortuné, se renfonça dans son coin, essayant de tenir le moins de place possible.

Cette nuit-là, M. et Mme Malderton eurent une longue conversation concernant leur fille et leurs projets d'avenir; Mlle Térésa, en se couchant, se fit cette observation que si elle se mariait avec quelqu'un de titré, elle ne pourrait, en toute conscience, continuer à recevoir ceux qu'elle voyait en ce moment, elle rêva toute la nuit de gentilshommes, marquis, de fêtes, de plumes d'autruche, de maisonnettes, de cadeaux de fiançailles et d'Horace Sparkins

Diverses suppositions, le dimanche matin, furent faites sur le moyen de locomotion que le visiteur, si anxieusement attendu, choisirait pour se rendre au rendez-vous.

Arriverait-il en cab, choisirait-il le cheval? Se contenterait-il de la malle-poste? Ces conjectures et d'autres aussi graves préoccupations occupèrent l'attention des Malderton père, mère et filles, durant toute la matinée.

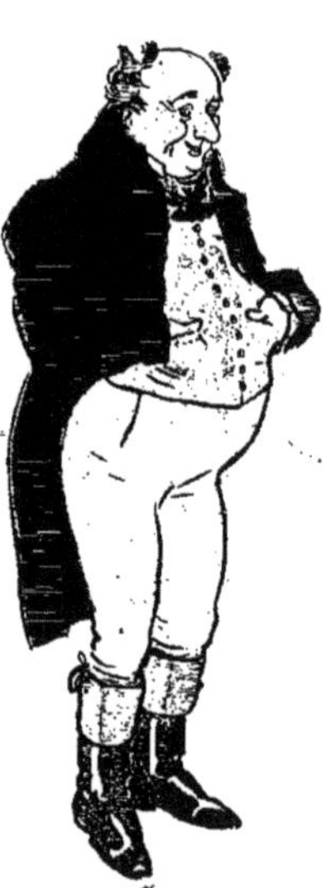

— Sur ma parole une chose m'ennuie, ma chère amie, fit Malderton, c'est que votre frère si vulgaire va s'amener de lui-même à dîner sans qu'on l'invite. Comme M. Sparkins vient, je m'étais décidé, à cette occasion, à n'inviter personne — sauf Flamwell — et je redoute votre frère, un marchand, c'est intolérable! Je vous déclare que je le renie devant notre hôte, je ne voudrais pour mille livres l'avouer. Je lui pardonnerais s'il avait le bon goût de se cacher pour éviter ces humiliations à sa famille. Mais, au contraire, il est si fier d'être épicier qu'il faut qu'il le clame à tout le monde.

M. Jacob — dont on parlait — était épicier en gros. Très vulgaire, et avouant sans scrupule qu'il avait gagné sa fortune dans les affaires et que cela lui importait peu qu'on le sût.

— Ah, Flamwell — comment va — cher ami — dit M. Malderton a un petit homme ventru, à lunettes vertes et qui entrait. Vous avez reçu mon mot ?

— Oui et me voici.

— Avez-vous entendu parler de M. Sparkins, vous qui connaissez tout le monde?

M. Flamwell était un de ces hommes universellement informés — comme il en est en toute société. Ils assurent qu'ils connaissent tout le monde et naturellement ne connaissent personne. Chez Malderton n'importe quel potin sur les gens de qualité était écouté et Flamwell pour cela était le bien-venu. Lui qui connaissait les travers de son monde citait à plaisir ses prétendues relations avec les grandes familles — comme par parenthèse — pour ne point sembler orgueilleux.

— Ma foi, sous ce nom, je ne le connais pas, répondit Flamwell d'un ton sourd — mais il n'y a aucun doute, je le connais. Est-il grand?

— De taille moyenne, dit Térésa.

— Avec des cheveux noirs, exclama Flamwell se risquant à cette supposition.

— Oui, répliqua énergiquement Mlle Térésa.

— Le nez plutôt camard.

— Non, fit Térésa avec une moue, aquilin.

— Je voulais dire aquilin? Je n'ai pas dit aquilin?.., reprit Flamwell, c'est un élégant jeune homme?

— Oh oui !

— Avec d'exquises manières.

— Oh oui ! fit toute la famille. Vous devez le connaître. Je suis sûr que vous le connaissez, puisque c'est quelqu'un. Qui croyez-vous que ce soit?

— D'après votre description, répondit Flamwell en réfléchissant et abaissant la voix jusqu'au ton d'un murmure, il ressemble diablement à l'honorable Augustin Fitz Edward, Fitz John, Fitz Osborne — c'est un garçon de grand talent et quelque peu excentrique. Il se peut qu'il ait changé de nom par une fantaisie momentanée.

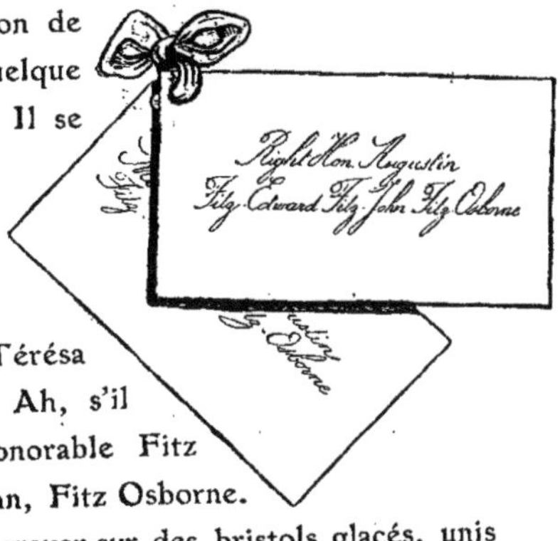

Le cœur de Térésa battit très fort. Ah, s'il pouvait être l'honorable Fitz Edward, Fitz John, Fitz Osborne. Quel nom à faire graver sur des bristols glacés, unis d'un ruban bleu. Mistress Fitz Edward, Fitz John, Fitz Osborne, elle était transportée d'allégresse.

— Cinq heures moins cinq, remarqua Malderton, il ne va pas, j'espère, nous faire faux bond.

— Le voici ! s'exclama Térésa.

On frappait en effet deux coups à la porte. Chacun s'efforça de prendre une contenance, comme on fait quand on attend avec l'air de ne pas avoir l'air d'attendre.

La porte s'ouvrit, le domestique annonça : « M. Barton ! »

— Le diable l'emporte, murmura Malderton.
— Ah ! cher monsieur, comment va ? Quelles nouvelles ?

— Aucune, aucune, répondit l'épicier avec sa manière habituelle, rien de nouveau que je sache. Comment allez-vous, les filles et les garçons. Ah, M. Flamwell, enchanté, enchanté.

— Voici M. Sparkins, fit Tom qui regardait par

la fenêtre, il est à cheval, un cheval noir, une bête épatante.

Térésa, malgré la réserve habituelle des jeunes filles de son âge ne put réprimer un élan vers un pareil spectacle.

C'était Sparkins en effet sur un grand diable de cheval noir qu'il faisait cabrer et danser comme un apprenti du cirque Astley's.

Un instant après le bel inconnu, les cheveux un peu fous — l'indulgence de ses hôtes l'excuserait — faisait son entrée triomphale, ayant pourtant laissé son cheval à l'écurie.

Madame est servie...

L'on passa de suite à table, c'est une façon de trancher les situations difficiles — en les supprimant.

Horace offrit son bras à Térésa qui rougit.

Est-ce bien l'honorable M. Augustin! Quel est son nom? chuchotta Mme Malderton à Flamwell qui l'accompagnait à la salle à manger.

— Pas exactement, non pas absolument répondit la grande autorité.

— Qu'est-ce donc?

— Hein, fit Flamwell en branlant la tête d'un air entendu — ce qui signifiait qu'il le connaissait à merveille, mais ne pouvait pour de graves motifs trahir un important secret — à la façon d'un ministre cherchant à connaître l'opinion du peuple.

— M. Sparkins dit l'enthousiaste Malderton je vous prie mettez-vous entre ces demoiselles.

John — placez un siège pour nous entre Miss Térésa et Miss Marie-Anne.

John était dans la vie ordinaire moitié groom, moitié jardinier — mais en la circonstance comme on devait éblouir Horace — on l'avait affublé d'une grosse cravate blanche — de chaussures vernies, astiqué et brossé il jouait les valets de pied.

— Le dîner était succulent. Horace était aux petits soins pour Térésa et chacun baignait dans la béatitude sauf Malderton inquiet de M. Barton son beau-frère, avec ce malaise d'un patron de cabaret où un ivrogne vient de se perdre, malaise — au dire des journaux plus facile à supposer qu'à décrire.

— Avez-vous vu récemment votre ami Sir Thomas Nolar demanda Malderton à Flamwell — en lançant du côté d'Horace un regard pour saisir l'impression que ce nom produisait sur l'inconnu.

— Non pas dernièrement mais hier j'ai rencontré lord Gableton.

— Son excellence va bien j'espère, fit Malderton — d'un ton plein d'intérêt — inutile je puis le dire que jusqu'alors il ignorait absolument l'existence d'un homme de ce nom.

— Mais oui — très bien, très bien — c'est un homme charmant — je l'ai rencontré dans la Cité et nous avons causé longuement — comme des vieilles connaissances — mais je n'ai pu rester avec lui tout le temps que j'aurais voulu. J'allais chez un banquier, un richard, membre du Parlement avec lequel, je puis dire que je suis encore plus intime.

— Je sais qui vous voulez dire fit Malderton qui ne savait pas plus que Flamwell qui cela pouvait désigner, il a un gros capital roulant et ses affaires.

C'était toucher un point dangereux.

— A propos d'affaires interrompit M. Barton du milieu de la table, un Monsieur que vous devez connaître Malderton, que vous fréquentiez avant d'avoir fait vos heureuses spéculations, est entré l'autre jour dans ma boutique...

— Barton, donnez-moi donc s'il vous plaît une pomme de terre, dit Malderton furieux espérant détourner la conversation.

— Parfaitement fit l'épicier sans se douter de rien... et il me dit franchement.

— Bien, ensuite je vous prie interrompit Malderton une seconde fois, redoutant la fin de l'histoire et craignant que le mot boutiquier ne fut répété encore une fois.

— Il disait — continua le terrible épicier — après avoir passé la pomme de terre — comment vont vos affaires? et je lui ai répondu plaisamment — comme c'est mon habitude — je ne me mets jamais au dessus de mes affaires, et j'espère qu'elles ne se mettront jamais au-dessus de moi — ha, ha, ha, ha!

Quoi, vous n'avez pas l'air de comprendre dites-moi — Malderton ?

M. Sparkins fit l'amphitrion renfonçant sa colère, un verre de vin ?

— Avec grand plaisir.

— A votre santé !

— A la vôtre...

— Nous causions l'autre jour, reprit Malderton, voulant donner à sa nouvelle connaissance un sujet de conversation et voulant détourner les histoires de l'épicier, nous causions l'autre jour de la nature de l'homme — vos arguments m'ont fortement impressionné.

— Moi aussi, dit Frédéric.

Horace inclina la tête en remerciement.

— Dites-moi maintenant, M. Sparkins, quelle est votre opinion sur la femme.

Les demoiselles eurent un rire niaisot.

L'homme, déclara Horace, l'homme qu'il soit au premier rang dans les jardins fleuris de l'Éden retrouvé, dans l'aridité du désert, ou je pourrais dire dans le désert de banalités que nous devons habiter à une époque comme la nôtre, l'homme dis-je en tout climat — qu'il grelotte du froid antarctique ou brûle de la flamme des tropiques, l'homme sans la femme, l'homme... serait seul.

— M. Sparkins je suis heureux de vous l'entendre dire, fit Malderton.

— Et moi aussi ajouta Miss Térésa.

Horace fut enchanté il regarda la demoiselle et la demoiselle devint un peu coquelicot.

— Mon opinion à moi, dit Barton.

— Je ne sais pas ce que vous allez dire — interrompit Malderton décidé à ne pas laisser une occasion de parler à son parent, mais je ne suis pas de votre avis.

— Quoi, fit l'épicier ébahi ?

— Jamais, fit Malderton, d'un ton nettement

obstiné, non, jamais.

— Et moi dit Frédérick je ne suis pas entièrement de l'avis de M. Sparkins.

— Ouoi, fit Horace, devenant de plus en plus métaphysicien convaincu, en voyant les dames écouter bouche bée — quoi ? L'effet est-il la conséquence de la cause ou la cause le précurseur de l'effet.

— Voilà la question acquiesça Flamwell.

— Eh ! oui — fit Malderton.

— Parce que si l'effet est la conséquence de la cause ou si la cause précède l'effet je crains de vous donner tort, ajouta Horace.

— Évidemment fit Flamwell.

— Enfin je crois être juste et logique dans mes déductions dit Sparkins, d'un ton d'interrogation ?

— Sans aucun doute fit Flamwell cela met les choses au point.

— Oui — il se peut — dit Frédérick — je ne m'en étais pas encore aperçu.

Je ne comprends pas très bien, pensa l'épicier, mais il doit avoir raison.

— Quelle adresse, susurra Mme Malderton à ses filles en se dirigeant vers le salon.

Il est tout à fait charmant répondirent en chœur

les deux jeunes filles — il parle comme un oracle — il doit connaître à fond les choses de la vie.

Les Messieurs restés seuls, il y eut un moment de silence — chacun semblait replié sur soi-même, était ému de la gravité de ce qu'on allait dire, Flamwell qui s'était mis dans la tête de savoir qui était ce Sparkins rompit le silence le premier.

— Pardonnez-moi, Monsieur, fit le distingué causeur vous avez je suppose fait vos études de droit; moi j'ai failli être porteur de robe, et j'ai pour intimes les plus hautes sommités du barreau.

— Non non, dit Horace avec une petite hésitation, pas exactement.

— Mais vous avez fréquenté beaucoup les robes de soie, fit Flamwell avec déférence.

— Presque toute ma vie, répondit Horace.

La chose était claire en l'esprit de Flamwell, c'était un garçon de bonne famille attendant sa nomination à quelque poste dans la magistrature.

— Je n'aimerais pas à être avocat fit Tom ouvrant la bouche pour la première fois et cherchant autour de la table une approbation.

Silence complet.

Je n'aimerais pas porter perruque continua Tom hasardant une autre observation.

— Tom tâchez d'être je vous prie moins ridicule — lui dit son père, écoutez la conversation des autres et que cela vous instruise — ne nous faites pas à tout bout de champ des remarques absurdes.

— Bien papa, fit Tom qui n'avait pas, l'infortuné, placé un mot depuis cinq heures un quart, moment où il avait demandé une tranche de bœuf jusqu'au moment présent — et il était huit heures.

— Va Tom, fit l'oncle, ça ne fait rien je suis de ton avis, je n'aimerais pas à porter perruque je préfère porter un tablier.

M. Malderton eut un accès de toux violente. Barton continua..... « Car un homme qui est au-dessus de ses affaires. »

La toux s'aggrava — et dura jusqu'à ce que l'infortuné épicier eut oublié ce qu'il voulait dire.

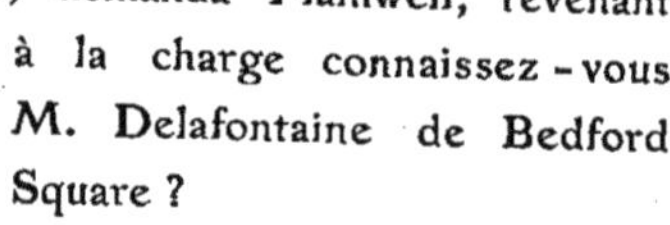

— M. Sparkins, demanda Flamwell, revenant à la charge connaissez-vous M. Delafontaine de Bedford Square ?

— J'ai échangé des cartes avec lui, et depuis j'ai eu l'occasion de le servir, répondit Horace, qui se mit à rougir devant cet aveu arraché à sa distraction.

— Heureux vous êtes d'avoir pu obliger ce grand homme fit Flamwell avec un air profondément respectueux.

— J'ignore qui il est fit Flamwell à Malderton en suivant Horace au salon ; mais il est certainement homme de loi, un homme important, il a de hautes relations.

Le reste de la soirée se passa de façon charmante

— M. Malderton délivré de ses angoisses par le sommeil profond qui s'était emparé de M. Barton, fut aussi gracieux que Mlle Terco quand elle joue la *Chute de Paris*.

Sparkins trouva à Térésa de la maîtrise et tous deux, Frédérick aidant, chantèrent des trios sans nombre, ayant découvert que leurs voix s'harmonisaient à merveille — bien qu'ils chantassent tous trois la première partie, bien qu'Horace n'eût pas d'oreille, et ignorât la première note de musique.

Le temps passa ainsi et minuit était sonné quand M. Sparkins demanda son cheval — de corbillard — qu'on ne lui amena que sur engagement formel de revenir le dimanche suivant.

— Peut-être que M. Sparkins voudra bien être des nôtres demain, suggéra Mme Malderton — M. Malderton veut conduire ces demoiselles voir *Saint-Georges* et le *Dragon*.

M. Sparkins salua, il les rejoindrait loge 48 dans la soirée.

Nous ne vous demandons pas la matinée dit Térésa d'une façon charmante car maman nous doit conduire dans diverses boutiques — et je sais que les Messieurs ont ces choses en horreur.

— M. Sparkins salua encore, il eût été enchanté si une affaire d'importance ne l'eût retenu dans la matinée.

Flamwell regarda Malderton de façon significative — c'était l'ouverture de la Session...

Le lendemain à midi « la Mouche » était à la porte d'Ock Lodge pour transporter Mme Malderton et ses filles à leurs courses — elles dîneraient et s'habilleraient dans une maison amie où on avait porté leurs costumes.

Elles partirent donc chez John Spaggins et fils à Tottenham Court Road — où elles devaient faire quelques emplettes, de là elles iraient chez Redmagne à Board-Street et dans quelques autres maisons.

Ces demoiselles tueraient le temps en faisant l'éloge d'Horace Sparkins, grondant leur mère de vouloir économiser ses schillings, et demandant quand on arriverait à destination.

La voiture s'arrête enfin devant une petite boutique, sordide et sale avec une enseigne — linges, draps, nouveautés — et des marchandises de toutes sortes — des étiquettes de toutes nuances, de toutes les grandeurs, dans des vitrines avec des chiffres hydropiques et d'autres minuscules dans l'angle, en bas quelque chose comme les animalcules qu'on découvre au microscope — et qui sont parfaitement invisibles à l'œil nu. Il y avait trois cent cinquante mille boas pour dames, de un shilling à un penny et demi, des chaussures françaises en chevreau à dix et neuf francs la paire, des ombrelles vertes avec des manches pareils et des fourchettes à découper, le tout à un prix incroyable de bon marché et soldé avec 50 o/o de perte — disait le propriétaire.

— Oh maman, où nous avez-vous amenées, fit Térésa, que dirait M. Sparkins s'il nous voyait ici?

— Oh oui — ajouta Marie-Anne que cette pensée remplissait d'effroi.

— Asseyez-vous — Mesdames, que désirent ces dames demanda le patron en cravate blanche énorme, au nœud court, avec un air de gentilhomme d'après un mauvais portrait de la galerie Somerset-House.

— Je voudrais voir de la soierie répondit Mme Malderton.

— De suite, Madame, — M. Smith — où est M. Smith?

— Voilà — Monsieur, cria une voix du fond du magasin.

— M. Smith dépêchez — dépêchez, on ne vous a jamais quand on a besoin de vous.

M. Smith à qui on réclamait toute diligence possible — arriva en sautant par dessus le comptoir — tomba en face des nouveaux clients.

Mme Malderton poussa un cri, Mlle Térésa qui

s'était penchée pour parler à sa sœur se redressa et reconnut Horace Sparkins.

***

Nous jetterons un voile — comme disent les auteurs à la mode — sur la scène qui suivit.

Le mystérieux Horace, le métaphysicien, le philosophe, celui qui semblait à Térésa le modèle des princes et des poètes — celui qu'elle rêvait en robe de chambre bleu de ciel — pantoufles pareilles — celui qu'elle attendait toujours sans oser espérer la venue, le bel inconnu, le chevalier parti pour réveiller la Belle au Bois dormant dans son château enchanté, — était subitement devenu M. Samuel Smith, le commis d'une boutique

— de soldeur — existant depuis trois semaines à peine.

L'évanouissement du héros d'Ock Lodge ne peut-être comparé qu'à la fuite d'un chien à qui on a attaché une casserole à la queue.

Toutes les espérances des Malderton — disparaissaient comme fond le sorbet d'un dîner de gala — le pôle nord était aussi loin, que l'espoir d'un mariage — et Miss Térésa avait à peu près autant de chance de trouver un mari que le capitaine Ross de découvrir le passage du nord-ouest.

Bien des années se sont écoulées depuis ce terrible jour, les marguerites ont fleuri plusieurs fois dans les parterres de Camberwell, les moineaux ont répété leurs gazouillements printanniers dans ces bosquets de Camberwell, mais les demoiselles Malderton ne sont toujours pas mariées.

Le cas de Miss Térésa est plus désespéré que jamais, mais Flamwell est toujours au zénith de sa réputation et la famille Malderton a toujours la même prédilection pour l'aristocratie — avec une haine encore plus grande pour tout ce qui n'en est pas.

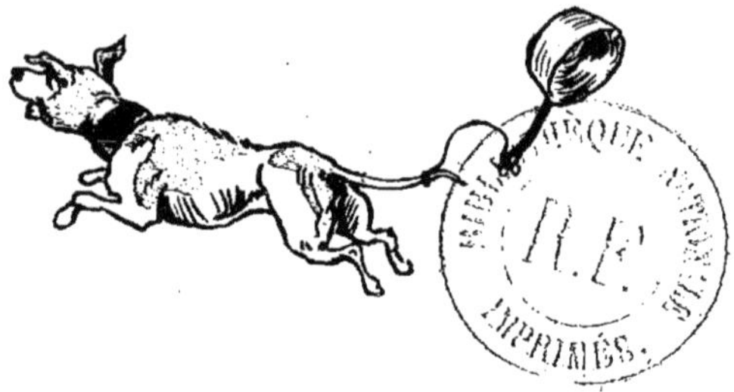

Achevé d'imprimer
à Versailles
en Septembre mil neuf cent trois
pour le Livre et l'Estampe
par
la S. A. des Imprimeries Gérardin.

www.ingramcontent.com/pod-product-compliance
Ingram Content Group UK Ltd.
Pitfield, Milton Keynes, MK11 3LW, UK
UKHW021104270726
13993UKWH00006B/1012